# Kırık Düzenin Şiirleri

**Azhar Alam**

KAVYA
PUBLICATIONS

**Publisher:**

**SDR INNOWAYS INDIA PVT. LTD.**
667, Rajaward, Kulpahar, Mahoba - 210426

Imprint:
**KAVYA PUBLICATIONS**
Plot No.107C, Hanuman Khand, Gulabvatika, Behta Hazipur, Loni-UP (Near Dilshad Garden Delhi) NCR -201102

**Mob.** : 7905266820
**Website** : www.kavyapublications.com
**E-Mail** : info@kavyapublications.com

**ISBN** : 978-93-6431-251-6

**Year** : 2026



This book is printed at MTL and published by author Ajay Agrawal, CEO of SDR Innoways India Pvt. Ltd. Kulpahar Mahoba with its imprint and centre, Kavya Publications Delhi.

# Önsöz

Elinizdeki bu kitap, sizi çağımızın en yakıcı toplumsal meselelerini şiir diliyle düşünmeye davet eder. Bu sayfalarda, dünyanın farklı köşelerinde benzer acılarla yoğrulan insan hikâyelerini kimi zaman bir fısıltı kadar yumuşak kimi zaman bir çığlık kadar sert şekilde dizelere dönüştürür.

Savaşların kararttığı ufuklardan Delhi'nin boğucu havasına, çocuk yaşta çalışmak zorunda bırakılan minik ellerden yoksulluğun görünmez duvarlarına, doğanın sessiz çığlığından ağaçların yerini alan soğuk yolların taş dokusuna kadar her tema bu kitabın kalbinde yer alır. Tükürüklerle kirlenen sokaklar, plansız büyüyen şehirlerin kaosu, dürüstlüğün giderek kıymetten düştüğü ilişkiler, evliliğin gölgeli yanları, kolanın bağımlılığa dönüşen tüketimi, *"Yalanların İktidarı"*'nın hayatlarımızı kuşatan görünmez ağı ve kast sisteminin yaraları kanatan toplumsal adaletsizliği… Tüm bu başlıklar, şiirin penceresinde yeniden anlam bulur.

Bu kitap yalnızca sorunları dile getirmek değil onları hissetmek, sorunlarla yüzleşmek ve sorunlara çözüm aramak için yazıldı.

Şiir, burada bir kaçış değil aksine gerçeklerin kalbini gösteren bir aynadır. Okurken kimi zaman üzülecek kimi zaman öfkelenecek kimi zaman da umudu hatırlayacaksınız. Çünkü her mısra, insanın kırılganlığını ve direncini taşır.

Dilerim ki bu kitap, yaşadığımız dünyaya daha dikkatle bakmamıza, daha merhametli düşünmemize ve hayata daha bilinçli bir adım atmamıza küçük de olsa bir katkı sunar.

Sözü artık şiirlere bırakalım.

**Azhar Alam**

# Teşekkür

Bu kitabın hazırlanma sürecine katkıda bulunan tüm kişi ve kurumlara içten şükranlarımı sunarım. Özellikle de arkadaşım Hatice Karınlı'ya teşekkür borçluyum. Çalışmanın her aşamasında yanımda bulunarak sabrını, sevgisini ve koşulsuz desteğini esirgemeyen Hatice'ye derin bir minnet duymaktayım. Bu yolculuğun en zorlu anlarında dahi bana olan inancını sürdürmesi, cesaret verici tutumu ve manevi desteği, eserin tamamlanmasında belirleyici bir rol oynamıştır.

Bu çalışma, Hatice Karınlı'nın sessiz fakat güçlü desteği olmaksızın bu biçimde hayat bulamazdı. Kendisine, katkıları ve özverisi için bir kez daha teşekkür ederim.

# Yazar Hakkında

Ankara Gazi Üniversitesinden tezli yüksek lisans eğitimini tamamlayan Azhar Alam, akademik birikimini sahadaki deneyimleriyle güçlendiren çok yönlü bir şairdir. Büyük bir şirkette kalite kontrol uzmanı olarak çalıştığı yıllar, ona hem insan davranışlarını hem de toplumsal düzenin görünmeyen mekanizmalarını yakından gözlemleme fırsatı sunmuştur. Bu deneyimler, şiirlerine yansıyan derin toplumsal farkındalığın temel taşlarını oluşturur.

Sanat ve akademiyi birlikte yürüten Alam, İngilizce yayımlanmış bir şiir kitabının yanı sıra hakemli bir dergide yayınlanan bilimsel makaleye de sahiptir. Kuramsal düşünceyi estetik bir dille harmanlayan üretimleri, onun disiplinler arası bakışının bir göstergesidir.

Şu anda Jamia Millia Islamia Üniversitesi'nde misafir öğretim üyesi olarak görev yapan Azhar Alam, akademik çalışmalarını sürdürürken aynı zamanda şiire olan tutkusunu da yaşayarak üretmeye devam etmektedir.

Eserlerinde toplumsal sorunları, doğanın çöküşünü, insanın iç dünyasındaki dürüstlük arayışını ve çağımızın yozlaşan değerlerini ele alan Alam, hassas ve güçlü bir ses olarak öne çıkar. Onun şiirlerinde hem kırılganlık hem de eleştirel bir direniş vardır; insanı, toplumu ve doğayı aynı duyarlılıkla sorgulayan bir bakış açısına sahiptir.

Azhar Alam, şiirlerinde yalnızca bir anlatıcı değil aynı zamanda bir tanık, bir uyarıcı ve bir vicdan olarak karşımıza çıkar.

**E-Posta-alamazhar625@gmail.com**

# İçindekiler

## I. Bölüm- Parçalanan Toplumun Şarkıları



## II. Bölüm- Çeşitliliğin Renkleri

## III. Bölüm-Dünyanın Azalan Nefesi



## IV. Ahlakın Kırılan Aynası

## 1. Unutulan Temizlik

Yılların ötesinde, yığılmış çöp dağları,
Sokaklar çığlık atar, üstü başı kirli bağlar.
Her köşe başı bir başka utanç levhası,
Kokularla boğulmuş, sabrın son safhası.

Gökyüzü mavi değil is kokar artık,
Egzozla sarmaş dolaş olmuş her martı.
Nefes almak bir cesaret işidir şehirde,
Maske çözüm olmaz; değişim gerek her bireyde.

Pisliğin içinde büyürken çocuklar çıplak,
Uygarlık nerededir diye sorar bir yaprak.
Nehirler akar ama suyu içilmez halde,
Kutsal diyarlarda kirlilik almış ele.

Devlet sessiz, kulak tıkamış haykırışa,
Yollar çukur, lağım sızar her bakışa.
Kanunlar kitapta; icraat rüyada,
İhmalin gölgesi düşmüş her duvarda.

Ama suç yalnızca yukarıda mı saklı?

Halk da çöpe alışmış, pisliğe takmaz aklı.
Yere atıp sigarayı, çöpü, şişeyi,
Sonra da şikâyet eder: "Biri temizlesin evi."

“Temizlik imandandır” der eski bir söz,
Ama unutulmuş, boşaltılmış o öz.
Değişim ne devlette tek başına olur,
Ne de halkla olur; birlikte başlar her gurur.

## 2. Kast Sisteminin Gölgesi

Kast sistemi yüzyıllardır yol açar ayrıma,
İnsanlığı unutturan zincirler parlıyor hâlâ.
Üst kasttan gelenler alt kasttakine zulmediyor,
Birinin acısı diğerine hiç dokunmuyor.

Doğmadan yazılmış kaderin adı "kast",
Bir doğumla başlıyor, sürüyor o hast.
Kimine taht, kimine taş düşüyor pay,
Eşitlik hayal, adalet ise çok uzak bir diyar.

Hindistan'da bu büyük yara kanıyor hâlâ,
Yeni çağ gelse de eski düzene okunur selâ.
Bazı kuyulardan ona su verilmiyor hâlâ,
Susuzlukla değil, utançla yanıyor kana kana.

Bir çocuk soruyor gökyüzüne: "Neden ben aşağılık?"
Cevap yok; acı, boş bir rüya, sebepsizce karanlık,

Belki bir gün kastı değil kalbi tartar insanlık,
O gün karanlık zulmün yarını söner, artar aydınlık.

## 3. Yalanın Sahnesi

Bir ekran yanar, yüzler donar,
Hakikat susar, yalanlar sanar;
Toz bulutunda kaybolur haber,
Gerçek çamura bulanır, boğulur.

Parmaklar iplerde, kuklalar hazır,
Bir perde iner, alkışlar şaşırır;
Sözler büyür, zihinler daralır,
Gözler bağlı, düşünceler esir alır.

Sözde özgürlük manşetlerde yanar,
Bir lider çıkar, halkı okşar;
Ama arka planda gürler coşar,
Gerçek değil ki bu, anlar koşar.

Bir haber bir yalan daha kovar,
Bir sosyal medya kurguyu boğar;
Binlerce beyin aynı cümlede durar,
"Sorgulama, itaat et, sus!" seni sarar.

Kim yazdı bu destanı, sattı doğruyu?
Kimin eli değdi bu çarpık oyunu?
Bir millet büyürken kaçırdı ipin ucunu,
Ruhu nasıl öder bedene bu borcunu.

Ey Hindistan, uyan artık düşünden;
Gerçek pusuda bekler şu köşeden.
Ne zaman uyanır halk birden,
Kuklalar değil, insan yönetir yeniden.

## 4. Karanlıkta Kalan Sesler

Yaralı toprak sessizliğe gömülür,
Filistin'de açlık her yanda görülür.
Kapılar kilitli, umutları tutsak,
Bir lokma ekmek hayallerden süzülür.

Çocuklar bekler küçücük elleriyle,
Dünyadan gelen yardım hiç erişmez bile.
Gözlerinde açlığın derin izi sinsice,
Her gün bir hayat biter gizlice.

Gölgeler örer gecenin planlarını,
Gökyüzünü kaplar savaşın elleri.
Masum yüreklere düşer barut yağmur,
Evler yıkılır, yollar dolar çamur.

Sessiz sokaklarda hüzün dolaşır,
Zulmün gölgesinde hayat solar, donuk kalır.
Ama direnmek var olmak zorunda umutlar,
Filistin'in kalbinde zafer hâlâ saklıdır.

Ey insan, kulak ver bu suskun haykırışa,
Gözlerini aç, kulak ver artık bu çırpınışa.
Aç kalan her insan çeker derinlerde zulmü,
Filistin'e ses ver bugün; unutma bu zulmü.

## 5. Nadim'in Düşü

Sekiz yaşında Nedim, küçük bir çocuk,
Ama yüreği büyük, omuzları ağır yük.
Yeni Delhi sokaklarında, sabahın erken saatinde,
Okulun kapısını göremez, iş başlar her yeni güne.

Oyuncaklar, oyunlar çok uzaklarda şimdi,
Çünkü evin yükü ağır, sorumluluklar büyük.
Kardeşleri aç, anne yorgun, baba yok,
Nedim koşar durur, hayatın içinde sessizce.

Okul sırası değil onun kaderi,
Kalemden çok taş, bez, toprak elleri.
Ama içinde saklı bir umut,
Bir gün değişir bu hayat, der umut.

Ne olur çocuklar okusun,
Hayallerine koşsun, büyüsünler ışıkla dolsun.
Nedim'in gözlerinde saklı dilek,
Bir gün sevgiyle dolar her küçük yürek.

## 6. Kardeşliğin Kayıp Yolu

Kast denen yara gizlidir içimizde,
Görülür çoğu din kardeşimizde.
İslam'da yeri yoktur baksan aslında,
Ama yer etmiş halkın kendi arasında.

Evlilik vakti gelip çatınca,
Aranır biri kendi katığınca.
Han, Şeyh, Seyyid böbürlenir yine,
Uymuyor bu hâl dinimizin özüne.

Hucurât süresi der ki: "Üstünlük takva,"
Kul ise bakıyor soyuna, ismine,
Kur'an buyurmuş: "Kardeştir inanlar"
Ne yazık, unuttuk hep bu ferman.

Ansari, Rayin, İdrisi diye,
Bölünmüş ümmet nice isme.
Birlik yerine kibirle dolduk,
Kardeşliğimizi izbe yolda bulduk.

Kast değil, sevgi yakışır bize,
İslam çağırır eşitliğe, düze.
Bir gün uyanır bu ümmet elbet,
Takva yücelir, kırılır zillet.

## 7. Kastın Gözyaşı

Bir çocuk ağlar, sesi duyulmaz,
Doğduğu yer kaderden kurtulmaz.
Kuyudan su ister, taşla dönülmez,
Yalnızlığına gece bile eşlik etmez.

Bir kalp üst, diğeri alt diye bölünür,
İnsanlık bu zincirde tüketilir, ölünür.
Tanrım, bu yazgı neden bu kadar övülür?
Aynı toprakta doğduk; farkı ne yaratır?

## 8. Tütünün İzleri

Tütün çiğneyen belli, her sokakta kalır izi,
Yere tüküren, kirletir hep bizi sizi,
Güzel yollar, her köşe, her taşı,
Kirlilik sarar gözleri, her başı.

Bir damla huzur, bir damla acı,
Tütünle kirlenir her güzel tacı,
Her tükürükle solan beden çiçekleri,
Bireysel hürriyet değil toplumsal sancı.

Sokaklar temiz olsa umutla dolarız,
Her tükürük biraz daha kendimizi bozarız.
Yeryüzü parlasın, temiz kalsın çok yaşarız,
Tütün izleri kaybolsun, her gün coşarız.

Birlikte olalım temizlik için,
Kirli sokaklarda yeni bir biçim.
Daha güzel bir dünya kuralım,
Tütün izleriyle kirletmeyelim.

## 9. Seçim ve Boş Sözler

Seçim gelir, liderleri getirir,
Seçim gider, sözleri bitirir.
Seçim öncesi vaatler verilir,
Seçim sonrası hepsi silinir.

Liderler söyler türlü yalan,
Konuşur hep falan filan.
Halk anlamaz onların dilini,
Liderin sözü boş, etkisiz kini.

Siyaset oldu ticaret işi,
Unutuldu emekçinin düşü.
Market dolu, cepler boş,
Zengin güler, fakir susmuş.

Bir umut arar halk her bahar,
Ama değişmez, yine aynı karar.
Sandık dolar, umut solar sarar
Yine yalan, yine bekleyiş başlar.

Bir gün gelir, halk uyanır,
Gerçek söz gönülden yanar.
O gün lider değil, halk kazanır,
Yalan biter, hak olan kalır.

## 10. Taşların Dili

Tac Mahal'de aşkın sesi yankılanır,
Mermerinde ölümsüzlük saklanır.
Şah Cihan'dan geriye bir dua kalır,
Beyaz taştan yüce bir sevda akar.

Cuma Cami, Delhi'de yücedir,
Kubbesinden göğe ezan yükselir.
Zaman bile secde eder gölgesine,
Her safında yüce tarih gelir dile.

Kırmızı Kale'de sultanın ayak izleri,
Duvarda yazılı nice şanlı zafer sözleri.
Babür soyundan kalan bir nişandır her taşları,
İhtişamla süzülür, hayran bırakır her insanı.

Kutup Minare göğe uzanır vakur,
Taş bedenin dili vardır hep orada durur,
İslam'ın nuruyla örülmüş her bir yol,
Yıldızlara selam verirken bile eğilir.

Buland Darwaza — kapıların en yücesi,
Fetih sesidir dökülür her nefesi.
Ekber Han'ın şanla yükselttiği duvarı,
Nice yüreğe hâlâ gurur verir her kalesi.

Babür Han'dan Hindistan'a uzanır bir iz,
Türk ocağından doğmuş koca bir deniz.
Bir medeniyet kurmuş taş taş, ilmek ilmek;
Geçmiş çağlar konuşur her bakışta, her emek.

## 11. Renkli Hindistan

Bir ülkedir Hindistan,
Renkli bir divan sanki
Sokaklarda dans eder her biri,
Bayram gelir, şarkı süzülür içeri.

Kuzeyde kar, güney sıcak,
Her yer güzel, her köşe ışık!
Doğuda pirinç tarlası,
Batıda bol baharatın en hası.

Çocuklar güler her bağda bahçede,
Kınalar dolaşır genç kızların ellerinde.
Sareeler döner döner renklenir düğünlerde,
Masal gibi şehirlerde her köşe parlar gecelerde.

Biri "Namaste" derken öteki dua eder sessizce.
Farklı olsa da her şey, kalplerde bağ kurar gizlice.

Holi'de renkler saçılır, Diwali'de ışıklar parlar.
Her inanç dostça yaşar, sevgiyle büyür her çınar.

## 12. Farklılıkta Birlik

Her şehirde başka bir hayat var; diller, kıyafetler,
yemekler, insanlar...

Bir yanda dua eder, bir yanda dans, bir yanda ağıt yakar
çocuklar.

Sih'in türbanı döner başında, saree dalgalanır her
rüzgârda,

Kimi tapınır bir taş tanrıya, kimi sessizce bakar her
canlıya.

Kuzeydeki dağlarda soğuk rüzgârlar eser,
Güneydeki denizlerde insanlar yüzer.

Doğuda, sabah güneş doğar batıda akşam olur,
Bir eyalette kış ise diğerinde yaz olur.

Holi'de renkler savrulur havada, Divali ışıkla parlar her
yuvada,
Ramazan gelir gönüllere dolar, Noel'de çanlar çalar her
sokakta.

Baharat kokusuyla ince bir esinti, yemekler çeşit çeşit
pişer bu evlerde,

Farklılık bir zenginlikse sevgiyle birleşir her bir mozaik
de.

# 13. Kriket Sahasında

Kriket sahasında bir savaş gibi,
Top yuvarlanırken kalpten kalbe yol gibi,
İki ülke, bir zamanlar tek vücut gibi,
Şimdi birbirine karşı sanki son bir soluk gibi.

Hindistan ve Pakistan, zıt renklerde bayraklar,
Geçmişin izlerini taşıyan her bir adımda sayıklar,
Bir zamanlar kardeşti bu toprakta uluslar,
Şimdi her vuruşta bir zafer, bir de kayıp sarar.

Sahada bir top, yüreklerde devinim,
Her atış bir yük, her koşu bir derinlik.
Kriz anı, bir yumruk gibi yavaş gelir,
Halkın sesi, öfkeden çığlıklarla karışır.

Kriket bir oyun, diyorlar, buna hangi kalp inanır?
Zafer, bir anlık huzur; kayıp, bir ömürlük acı.
Ne dostluk kalır ne barış bir an bitti sanır,
Bir topun peşinden sürüklenirken insan canı.

Ancak geriye kalan sadece toprak ve zaman,
Bu bir oyun da olsa içi ne kadar acı yaman,
Zafer, bir ışık; kayıp, karanlık o an,
Fakat sonunda hep oyun kaldı geriye an be an.

## 14. Hindistan’da Acı

Hindistan’da tuhaf bir hâl var bugün,
Anne baba kalmış huzurevinde dün.
Bir zamanlar çocuk büyütüp bakan,
Şimdi yalnız kalmış, gözyaşı yüreğini yakan.

Bu gelenek oldu korkunç bir yara,
Anne baba kaldı dertli, ıssız bu ara.
Evlat varken yine yalnız kala kala,
Böyle evlat olmasın, der ana baba.

İster Delhi olsun ister Mumbai,
Huzurevleri dolu, her can çeker ahı,
Yaşlı gözler dolar duvarlar içinde sahi,
Bir zamanlar mutluydu evinde şimdi mahur.

Patna, Kalküta’da bu hâl aynıdır,
Çocukların bahanesi sayılıdır.
Gelin sevmez huysuz, yaşlıdır,
Köşk ister, gül bahçesiyle süslerse sahidir.

Unuttu insanlık, mest etti gençlik kini,
Kazanır dünya makamını, mevkiini.
Nice şanı kazandı, nice unvanı,
Ama insanlık kaldı yolda, canla sunanı.

## 15.Unutulan Haya

İlkel insan yaprakla örterdi bedenini,
Bilirdi utanmayı, bilirdi kendini.
Bir bakışta sevinirdi, görse bir insan yüzünü;
Temizdi gönlü, pak idi düşüncesi, bilirdi özünü.

Aklını rehber kılar, edep ile süslenirdi,
Topluma, zamana uygun giyinmeyi bilirdi.
Ne gösteriş ne heves,ne de nefsi hüküm sürerdi;
İffet en büyük servetti, haya bir süs derdi.

Şimdi ne haya kaldı ne de utanç duygusu;
Vücut bir meta olmuş, kaybolmuş süsü.
Tenin teşhiri moda, utanmak suç olmuş,
Ruhun örtüsü yırtılmış, vicdanlar soyunmuş.

Sarhoş olmuş insanlık, nahoş olmuş kalplerin sesi;
Göz doymaz, kulak sağır, kaybolmuş merhamet nefesi.
Sokaklarda edep değil, reklam olur ten kafesi,
Ahlâkın adı eskimiş, vicdanlar ölmüş kesilmiş nefesi.

Evlerde saygı sönmüş, sevgi hep ölmüş,
Baba öğüt vermez, anneler üzülmez olmuş.
Çocuk bilmez ölçüyü, anlamaz hâlinden,
Eğitim var ama eksik, kaybolmuş insanın duruş.

Bilgi çok, hikmet yok, kalpte iman eksilmiş;
Kâğıtlar dolu diploma ama insanlık silinmiş.
Bir zamanlar yaprakla gizlenen utanma,
Şimdi markaların ayakları altında ezilmiş.

Ey insan, hatırla özünü; unutma edebin sözünü.
Giydiğin değil, sakladığın belirler değerini özünü,
Utanabilen insan, korur insanlığın namusunu, sözünü.

Sen sen ol unutma geldiğin yeri, cennetteki ağacın
özünü.

## 16. Zor Evlilik

Bir yuva kurmak hayal oldu,
Genç gönüller dara durdu;
Altınla ölçülür sevdalarda,
Aşklar da satılık, aşıklar da.

Bir düğün yapmak için yıllarca bekler,
Bir takı için ömür biter gider.
Ne sevda kalır ne bir insani değer,
Ticarete dönüşür her ilişki, her seher.

Hindistan'da, Anadolu'da,
Aynı dert, aynı yangınlar.
Gelinlik hayal, ev kiralar,
Günah sokakta helal duvarda.

Zina serbest, aşk yasaksa,
Edepsizlik alkış alırsa.
Evlilik bir dağ başında kalsa,
Erişene helal nasip olsa her kula.

Ne mahrem bilinir ardan,
Ne haya utanır gözden;
Vicdan uykuda, nefs baştan,
Günah gülümser özden sözden.

Ey toplum, uyan gafletten,
Gençleri yakma ateşten;
Kolaylaştır helal yolu, şerden,
Kurtar iffeti düşüşten cenkten.

Düğün değil, yük olmuşsun,
Sevdaya altın bolmuşsun;
Bu yol böyle böyle gitmez,
Ya düzen olmuş ya boş olmuşsun.

## 17. Delhi'nin İnce Tozu

Delhi'nin yüzüne çökmüş bir toz perdesi,
Sessiz bir örtü solgun, pudra gibi eski.
Çatlamış yolların yükselir iniltisi,
Şehrin taşlara çarpar külleri, nefesi.

Yıkık hayallerin dökülen tuğlasından,
Güneşin güç bela sızdığı dar sokaktan,
Savrulan kumlar, tamamlanmamış yollar,
Her elde toz bırakır, anıları fısıldar.

Her sabah boğuk, puslu bir şafak doğar,
Silüet erir, renkler kaybolur, solar.
Ne rüzgâr temizdir ne hava özgür salar;
Ağaçların yapraklarında bile toz sarkar.

Durmadan inşaat çınlar sağırlara şarkısını,
Akciğerler taşır öksürüğün fırtınasını.
Ne bir yol yapılır ne bir emek görünür asılı;
Delhi yalnızca tozla solur derin ve hüzünlü aslı.

Bir zamanlar gururlu olan bu şehir şimdi gri,
Her köşesi bir nefese, bir esintiye muhtaç gibi.
O gün gelene dek toz kalacak sessiz sini,
Her boğucu gün, içten içe bir bedel derinden gizli.

## 18. Doğanın Feryadı

Yeşilin kalbi susuyor Hindistan'da,
Kesilen ağaçlar düşüyor toprağa.
Her bir dal, her bir yaprak ağlar,
Doğa artık yankısız kalır, ağlar.

Ormanlar yok oluyor, sessizce,
Rüzgârın hırçın sesi, fırtınanın hecesi.
Her yıl bir felaket kapıda bekler,
Yağmur değil, yıkım gözyaşı döker.

Toprak çorak, gökyüzü kararır,
Kuşlar uçamaz, nehirler donar.
Hindistan'ın kalbinde yangınlar,
Doğa feryat eder, duyan yok yanındalar.

Bir ağaç daha kesilmesin artık,
Toprakta yeşeren umutlar solmasın artık.
Doğaya saygı insanın en güzel nişanı,
Yaşamın umudu orman; koru her bir dalını.

## 19. Tüketim, Kültür ve Kimlik

Türkiye'de çok içilir kola,
Bize akıl fikir ver, bir mola.
Budur bozuk sağlığımızın faktörü,
Hepimizi çekiyor bu tuzağın sektörü.

Kolaya katarlar tatlıca bir zehir,
Bulunur her dükkânda, her şehir.
Dönerin yanında kola verilir,
Sağlığımızla oynar bunu herkes bilir.

Şeker hastalığı artar her gün her gün,
Kısalır ömür, yavaşça düğümü çözülür.

Kolanın ne tadı var ne tuzu,
Ne faydası var ne kokusu.
Sahibinin kurduğu tuzak, son kozu,
Var mı bilinmez içinde buzu.

Var elbet taze meyve suyu,
İster Hindistan cevizi ister dut suyu.
Eskiden su içmek için aranırdı kuyu,
Uzak değil şimdi kuyu suyu.

Bir düşün, çocuklar bile alıştı,
Ellerinde şişe, oyunlar karıştı.
Kültürümüz sönüyor çok yavaştı,
Kola içmek kazanılmaz bir savaştı.

Yerli içecek ayağa kalksın yeniden doluşsun,
Nar, ayran, limonata elden ele dolaşsın.
Unutmayalım özümüzü derinden doluşsun,
Sağlıkla içip şükredelim ki gönülden sarılsın.

## 20. Sis Değil Duman

Sis değil bu dumandır;
Işığın ardında saklanan, karanlık sunandır.

Gök griye küs,
Güneş perde arkasında kalandır.

Yanmakta olan bin dileğin külü,
Solunum yollarımıza sinmiş kirli yılandır.

Diwali'nin ışıkları söneli çok oldu,
Ama barutun yankısı hâlâ ciğerimizde yanandır.

Çocukların gülüşleri kayboldu,
Yerine öksürükler dolusu boğazı kuruyandır.

Bir zamanlar onlara dua edildi,
Tanrılar bile inmişse cenneti gökte bulandır.

Bulanık havada nefes aldı.
Tanrıların cenneti olsa bile nefesi arındır.

Her nefes,
Bir ceza gibi her nefes.

Gözleri yaşlı gelin gibi herkes,
Gözler dumandan kanlı, bu kadarına da pes.

Maskeler yüzümüzde değil artık içimizde,
Her düşünceye sinmiş bir ağırlık, üstümüzde,
Ruhumuzda bir tıkanıklık, kırık kalbimizde.

Ne rüzgâr çare,
Ne yağmur umut yare,
Bu kirliliğin adı yok sözlükte.
Ama biz biliyoruz ki bu ihmal Delhi'ye.

Ahhhhh Delhi, Delhi'de
Bir festivalin ardında hediyede,
Zehirle uyanan bu şehir suskun…
Sessizce boğulmakta her nefesinde.

## 21. Keçilerle Doğanın Ritmi

Sakalı bembeyaz, gözleri parlak,
Çimenleri yerken, sesi bir tını yak.
Yağmurdan korkar, sığınır gölgeye,
İnce ince titrer, düşer bir damla yere.

Rajasthan'dan gelir, sütüyle ünlüdür,
Zengin minerallerle, vücudu canlandırır.
Cildin dostudur, saçı besler,
Bağışıklığı güçlendirir, her içişte bir haz verir.

Çimenler arasında ötüşür,
Sözleri belli ama sesi gürdür.
Her tüyünde bir öykü, her bakışında bir sır,
Keçiler diyarı, bir başka dünyadır.

Sakallarını savurur rüzgarla,
Duruşu cesur, tavrı özgür,
Doğanın gülü, keçinin adı,
Her adımında hayat var, her anı bir zenginlik.

## 22. Guava'nın Lezzeti

Bana derler guava meyvesi,
Ben varım herkesin sevdalısı.
Veririm size çok güzel tadı,
Beni yiyen hep hatırlar tadımı.

Benden kabız kalan uzak,
Kabız için kurarım tuzak.
Vücudunu temizlerim her daim,
Sağlıklı yaşamda yerim daim.

Ben bulunurum Hindistan'da,
Bangladeş ve Pakistan'da.
Endonezya, İran'da da varım,
Dünyanın dört bir yanını sararım.

Papağanlar, serçeler beni çok sever,
Bütün hayvanlar beni yer, beni över.
Rengim yeşil, doğa armağanını serer,
Tadımla dolar her kalp, her anı, her yer.

Vitamin dolu, sağlık yumağı her yerim,
C vitaminiyle güç veren armağan veririm.
Tatlı ve ekşi dengede buluşur, sağlık veririm,
Lezzetli bir yolculuk bu, mutluluk getiririm.

Sabah kahvaltıda, ara öğünde,
Beni seçenler hep güller yüzünde.
Doğa bana can verir, enerji saçar özünde,
Guava'yı seven, hep iyi yaşar, her gününde.

## 23. Şişelenmiş Tehlike

Bir şişeden su içiyorum,
Ama içinde toz görüyorum!
Plastikler suya karışmış,
Temiz suyum kaybolmuş!

Doktor amca dedi ki bana:
"Plastik zarar verir insana!"
O gün anladım kana kana,
Cam şişede içtim sözlerini ana ana!

Doğa bize suyu verir,
Ama insan onu kirletir.
Eğer suyum kirlenirse,
Kim çiçeği sulayabilir?

Haydi arkadaş, sen de dikkat et;
Plastiği yere atma hiç, sana emanet!
Temiz su içmek çok güzel, fark et,
Doğasever ol kaçma, sebat et.

## 24.Meyvelerin Kralı: Mango

Güneşin altında altın bir taç,
Kokusu sarar her bir ağaç.
Tatlı mı tatlı, yumuşak bir renk;
Mango derler, gönüllere denk.

Hindistan toprağında doğan nur,
Her lokması sanki cennetten bir buhur.
Rüzgârla parlar, dallarda dans olur,
Lezzetle yarışır her bir mango aşk olur.

Padişah sever, sofrada baş tacıdır,
Meyveler içinde en lezzetli tadıdır.
Altın suyunda gizli bir sır durur,
Her ısırıkta bir mutluluk olur.

Ne elmaya benzer ne armuda,
Mango bambaşka, aşkın donuna..
Tatlısı dillere destan kala,
Her yaz mevsimi onunla tanıya.

Ey mango! Lezzetin bir masaldır,
Meyveler içinde bir efsanedir.
Hindistan övünür seninle hakkındır,
Altın meyve, gönüllere halkadır.

## 25. Sanallığın Çölü

Sabah güneş değil, ekrana açar gözünü,
Işık vurur, solar gönül yüzünü.
Kaydırırlar, unuturlar sözünü,
Bin dostları var, yok bir tek özünü.

Parklar sessiz, gülüşler kaybolmuş,
İki yürek tek pozda yola dolmuş.
Bir öpücük, bir fotoğrafta hep solmuş,
Kimse bilmez, kimdi o, kim olmuş.

Kitap susar, mürekkebi donar,
Hayal sanar, umutları hep söner.
Şöhret için gönül yolundan döner,
Karanlıkta ışık bile ondan yanar.

Ruh eğilmiş boş arzunun önünde,
Kaybolmuşlar, yitirmiş doğru yönünü de.
Ahlak tüter, duman sarar her gününü de,
Gerçek ağlar, bilinmez ki ünün de.

Ey gençlik, baharın ömrü kısa,
Satma altın, al parıltı, güzelce yaşa.
Dağa çıkan yol düz olmaz, yokuşlar aşa,
Yıldız ister emek, alın teri; tembellik boşa.

Dur bir an, ekranda kaydırmayı bırak,
Kaldır başı, gökyüzüne bir bak.
Dünya bekler, gönlünce taşa ırmağa bak,
İnşa et sen, iyileştir, doğaya arşa bak.

## 26. Mal, Mülk ve Şöhretin Fâni Hâli

Bu dünya fâni bir mekândır,
Geçici bir misafirhanedir, cihandır.
Nice padişah, nice han geldi geçti,
Hepsinin ömrü bir rüya gibi bitti.

Burada ne mal ne mülk kalır,
Kimse ne servet ne şöhret alır.
Altın da taş olur, taç da unutulur,
Gidenin ardından rüzgâr savrulur.

"Bir varmış, bir yokmuş" der zaman,
Saraylar yıkılır, iz kalmaz ondan.
Dünya dedikleri ince bir ayardan
Göz açıp kapayınca geçer bir andan.

Ne hana ne sultana kaldı bu âlem,
Herkesin kaderini yazar yüce kalem.
Kimseye ebedî değil bu cümle alem,
Gelip geçer ömür, yıkılır şu hanem.

Bir gün döner herkes geldiği yere,
Toprak sarar sessizce seni bedene.
Kiminin adı kalır taşta kimi mürekkepte,
Kiminin ruhu hakikati arar kimi sadakatte.

Çok düşünme bu cihan değil hakikat,
Külfeti bol, huzuru bulmaz kifayet.
Asıl olan öteki mekândır gelmez nihayet,
Ebedî yurt, gerçek vatandır bitmez sefahat.

O yüzden gönlünü arıt, saf eyle,
İyilik ek; rahmeti dileyerek söyle.
Bu fâni dünya bir imtihan yeridir,
Hak yolunu bular gerçeği böyle.

# 27. Kuruyan Vefa

Her gün değişiyor insan,
Her gün değiştiriyor iman.
Ne sadakat kaldı ne de güven,
Çöküyor vefa, kalmadı şiar.

Dünyada sayımız çok az,
Her birimiz korkusuz saz.
İnsanımız sorgusuz sualsiz,
Dinlemez sessiz sedasız.

Ne kalbinde sevgi var,
Ne de içinde sadakat.
Ağzından püskürür ateş izi.
Âdem oğlunu dizer dizi dizi.

Unuttu merhametin sözünü,
Yitirdi yürek özünü.
Bir menfaat uğruna sattı,
Vicdanının son gözünü.

Gül soldu, taşlar konuştu,
Hak sustu, zalim coştu.
İnsan denilen bu varlık,
Kendi kendine düşman oldu.

## 28. Hakkaniyet Yolu

Cuma hutbesinde hoca verdi vaaz,
Halka seslendi, yankılandı avaz.
Dedi ki: "Kul hakkı yenmez, büyük günah;
Dikkat et evladım, yeme hakkı, çekersin ah."

Zerre kadar inceliğe eyle dikkat;
Allah görür gizliyi, işine niyazı kat.
Her adımda bil, hesapları sona at;
Küçük bir söz bile yazılır defter arza.

İnanır insan, der: "Var ahiret günü."
Yine işler günah, yapar gönül hüzünü.
Ne var Allah korkusu; şeytanı dost arar,
Sanki dünya bâkî, sanki ölüm uzak diyar.

Ey Rabbim, ver bu insana akıl, fikir;
Etsin sâlih amel, yapsın bolca zikir.
Tutsun dosdoğru yolu, eğrilmesin beli;
Göstersin evladına hakikatin elini.

Her geçen gün dua eder boş yere;
Ne amel var elde ne güzel bir çare.
Dilinde dua, kalbinde riya;
Oysa kurtuluş saklı sade tevazuda.

Unutma kulum, dünya bir imtihan;
Ne mal kalır ne de gösteriş ne yalan.
Bir iyilik et, bir gönül yap yeter o an,
Belki o alır seni cennete götürür sanan.

## 29. Erkeğin Zorlu Evlenme Geleneği

Erkeklerin çektiği nice eziyet,
Kimse bilmez, olmuş fazilet.
Yaş ilerler, umut tükenir,
Evden "İzin yok!" der bir ses beklenir.

"Dur, senin kız kardeşin var;
Önce o evlenecek, sabret, verme karar!"

Anlamadım bu garip geleneği,
Nedir bu zulmün, törenin eğriliği?

Evde erkek çocuk yaşlanıyor,
Annesi diyor: "Önce kızım yuva kuruyor."
Helal yoldan ister nikâhı,
Buna engel olur ebeveyn, açar günahı.

Toplumun çirkin yüzü bu sanrı,
Zamanında evlenmeye konur tabu.
Kul hakkına girmek değil mi bunun ayrımı?
Ey toplum, sana diyorum duy çağrımı:

'Erkek evlenirse bir kıza yuva olacak;
Bunu anlamayan akıl nasıl susacak?'

Her anne "Önce kızım" derse,
Söyle, nereden bulur erkek eşini,
Her evden bir kız çıkar gider,
Bir oğul kalır, gönlünde keder.

## 30.Borç İsteme Tekniği

Borç istemek bir tekniktir,
Bazılarına göre belki bir sanattır.
Bazen kandırmak için kurulur söz,
Bazen de imdat diyen çöken bir yüzdür.

Borç alan kolay kolay ödemez geri,
Vakti gelince döner değişik ifade eri.
Üretir türlü türlü ince bahane,
Kendini akıllı sanır, döner dolaplar yeni.

İster tanıdık olsun ister komşu,
Çoğu vakit ister; bazen soğuk, bazen hoş suyu.
Geri vermek istemez pek çoğu bu huyu,
Sanır ki gökten inmiş, bol bir ganimet bu.

İman yerinde değil, sadakat yitik;
Dünya dolu yalanla, her hâl perişan bitik.
Sözleri yumuşak, niyetleri sert kütük,
Gülen yüzün ardında saklı bir hırs silik.

Kimseye güvenme, kimi seversen alır aklın,
Borç verirsen yanar kalbin, kalır saklın,
Çıkarır kavga, dostluğu bozar her iş başın,
Bir kerte hatır için yitirilir nice ilişki, nice hissin.

Ama yine de düşün: Her borç suç mu her istek hile mi?
Kim bilir bazen her ihtiyaç gözyaşıyla mı istenir dille mi?
Ayırt et iyiyle kötüyü; öner gönülden yardımı, ilmi,
Kural basit söz kâğıda, vaat ölçüsüne sadık kalmalı.

Öyleyse akıl, şeffaflık ve vicdanla davran;
Borç isterken de verirken de insan kal.
Çünkü sonunda hesap kitap kimseye kalmaz saklı;
Adalet yoksa borçta da döner her şey darmadağın, naklî.

## 31. İşçi Ailesinin Kırılgan Yaşamı

Benim çocukluğum geçti hüzünle,
Hiçbir günde gülmedim özümle.
Ne bir oyuncak gördüm ne bir bayram sesi,
Sokaklar yoksulluğun ağır nefesi.

Her yanımda kızlar oynar sevinçle,
Ben köşede susarım, içimde bir inançla,
Onların saçında çiçek, yüzünde umutla,
Bense yalnız, bir boşlukta beni unutma.

Benim babam bir işçi, elleri nasırlı,
Terinde tuz var, konuşmaz dili sabırlı,
Kazandığı yetmez bir lokma ekmeğe,
Hayal bile kuramam ben kalbim sırlı.

Nasıl kaldırır çeyizin yükünü omuzlar?
Hindistan'da kız, çeyizsiz olmaz, der komşular.
Bir elime kına yakılmazsa onlar anlar,
Bir düğün çalmaz benim için yakılır ağıtlar.

Benim ellerim çatlak, umutlar sessiz,
Kaderimde yazar bir alın yazısı mühürsüz,
Ben ne Taç Mahal isterim ne de saraylar,
Bir sultan beklerim kulübemde kahırsız.

Bir damla huzur yeter bana, fazlası ziyan
Bir damla sevgi yeter, lokma fazlasına kıyan,
Çatısı delik bir evde bile mutludur uyuyan,
Gülümsemeyi öğrenmek isterim gizlice yeniden.

Benim çocukluğum, yıkık bir sokak ise
Bir yanda hayal, bir yanda açlık var ise
Ama içimde bir ateş hâlâ yanar ise
Küllerden doğmak ister her bahar size.

Bir gün belki, kız çocuğu güler,
Kına yakılır eline, gözünde umut tüter.
Benim hikâyem belki biter gider,
Belki bir başka kalpte başlar yenice.

## 32. İnsanın Aynası

Temiz sularda balık yoktur, sessizdir o ırmak,
Kirli sularda hayat fışkırır, bereketi var sağanak,
İnsan da böyledir, iyi insanların yanına yoktur uğrak,
Kötünün yanına koşar kalabalık, dolar taşar her bir ayak.

Zaman döndükçe sadık can azalır, iyiler olur uzak,
İki yüzlülerin yüzü güler, kötülerin sofrası dolar ortak.
Gıybetçi çok, yalancı bol; her köşe başı bir ayrı tuzak,
Menfaat için eğilir bükülür nice baş, nice açık kulak.

Doğan insan çok amma insanlık düşmüş ayak,
Kimi şeytanın işini yapar, sözünü özünü hile sayak,
İnsan insan diye gezer amma hayvan kadar olmaz hak,
Hayvan hayvan diye gezerken bile gösterir bize sadakat.

Bir kuşun kanadında merhamet, bir köpeğin gözünde vefa,
Bir kedinin sessizliğinde huzur, dokunur yüreğimize safça.
Nice zaman hayvan verir insana ders, iyilik olsa onlara şifa,
Sarılır yaralarımıza sessiz sevgiyle, olur gönüllere sevda.

Garip dünya: kötü çoktur, iyi olan görünmez pek,
Gürültü bol, temiz yürek gezmez, ortada yok kolaylık.
Umut tükenmez; saklıdır bir selamda, her gülüşte ışıltı,
İyi niyet kırılmaz, yükselir her defasında ışıkla iyilik.

Az olan kıymetlidir; karanlıkta parlar yine o tek ışık,
Kötülük hiç kaybolmaz, yolunu bulur aydınlık,
Temiz gönüller solmaz, kirli kalabalıklar geçer gider anlık,
İyi insan bırakır ardında iz; kalır adı hep gün aydınlık.

www.ingramcontent.com/pod-product-compliance
Lightning Source LLC
LaVergne TN
LVHW010103061026
849532LV00008BA/3063
* 9 7 8 9 3 6 4 3 1 2 5 1 6 *